六十歳の花嫁

寺島 美南子
TERASHIMA Minako

文芸社

目次

一　第二の人生の始まり　7
二　将来の夢は古生物学者　10
三　理学部地球科学科での日々　12
四　失恋と就職　19
五　地質調査所　24
六　恩人・北大路部長　31

七　企画室への出向とみにくいアヒルの子　33
八　茂子の最期　39
九　登との出会いと再会　46
十　組織改革と海洋調査　50
十一　登の家族　55
十二　登とさやか、それぞれの事情　57
十三　和枝の家族　61

十四　和枝とはるかの出会い　64
十五　女性に対する所内ハラスメント　66
十六　和枝、仲人になる　70
十七　終の棲家　74
十八　研究者の家族の苦労　77
十九　はるかの自立心　81
二十　さやかの居場所　83

二十一　登からのプロポーズ　86
二十二　六十歳の花嫁　91
二十三　神々の座で願う幸せ　97
用語解説　102
あとがき　104

一　第二の人生の始まり

「僕は空になる」のさだまさしの曲で目が覚める。

寝室の窓を開けるとはるか向こうに紫峰、筑波山（八七七メートル）が見える。千メートルに満たないが日本百名山の一つで、紫の筑波山と言われ、関東平野で雪の富士山と並び称される名峰である。女峰と男峰が並び立ち、姿がとてもよい。朝日は霞ケ浦の方から昇る。朝日に雲がピンク色に染まる頃、紫峰と呼ばれるように山体は紫紺色を帯びる。海からも山からも遠い濃尾平野のただ中で育った和枝は、この山が大好きだ。

筑波山が見えると、「今日は良い日になりそう、頑張ろう」と声をかけ、二四式太極拳を一度舞ったあと、畑仕事をする。オペラのアリアなどを聞きながら、ひとりでコーヒーを飲む。フランスバンは薄く切って、かりかりに焼き、パターとはちみつをぬる。小さなボールにもったサラダに、納豆と季節の果物、それが彼女のいつもの朝食だ。パンに納豆という取り合わせは、ちょっと変わっている。和枝の故郷に納豆はなかったが、和枝が茨城へ来て大好きになった食べ物だ。

和枝は、つくば市にある地質関係の研究所の研究者であった。定年退職後、約五年間嘱託職員を務めたあと、今春完全にリタイアした。およそ四十年、地味な分野で研究を続け、出世コースには乗らなかった。キャリアウーマンとしてのロールモデルになろうという意識はさらさらなかった。淡々として自分の役割を務めただけだ。過去を振り返って、もっと頑張れたと思ったり、これが自分の限界なのかなと思ったりして、複雑な心境である。

六十歳で遅い結婚をした。夫の登は海洋地質学者で十歳年下である。一緒に生活してお互いの違いが目に付くようになっているが、五十年以上別々に生きてきたのだ。今さらお互いに性格も暮らしのスタイルも変えようがない。和枝は太極拳と声楽と多趣味であるが、登は暇なときに家庭菜園を手伝うくらいで、これといった趣味がない。彼は寺の息子である。最近筑波山麓にあるお寺の住職と親しくなって、座禅教室に通っている。管理職なのでストレスが溜まって大変なのだろう。

登には前妻との間に娘がいて、彼女は建築を学んでいる。和枝を父のパートナーとして認めていて、二人の関係は良好である。だが、彼女は、未だに大人になりきれない母親をとても愛している。だから、和枝は無理に母親になろうとは思わない。

和枝と登、二人とも大人である。お互いの欠点を認め、生活スタイルを尊重して、仲良く暮らしている。


さて、和枝は今、「第二の人生、何をしようか」と思案中である。やりたいことは山とあるが、四十年も働いたのだから、さしあたりゆっくり休んで、長年の山歩きで痛めた足腰のケアをしなければならないだろう。そしてお遍路にでも出て心を空っぽにしたい。

二　将来の夢は古生物学者

和枝は昭和三十五年に生まれた。昭和三〇年代は、映画「ALWAYS三丁目の夕日」に描かれたように、昭和で最も穏やかで人情味あふれる良い時代であった。もう戦後の貧しい時代ではなく、三種の神器と言われる家電化製品の、電気洗濯機、電気冷蔵庫、白黒テレビが各家庭に備わった。フランク・永井の「有楽町で逢いましょう」のメロディが流れ、芸能界では石原裕次郎や吉永小百合が持て囃され、野球界では、長島、王が活躍した。昭和三十四年に平成天皇と美智子妃のご成婚があり、三十九年には東京オリンピックがあった。

和枝が生まれたのは家康や秀吉が生まれ育った三河の国である。名古屋という大都市に近いが、家の周りには田園風景が広がる田舎だった。

和枝は生まれた時、四キログラムもある大きな赤ん坊だった。同日に生まれた隣の病室の男の子は二・六キログラム。生まれながらにして男の子を威圧する存在だった。丸みのない硬い骨格は、スカートが似合わなかった。浅黒い肌合いは、多くの女の子が好きなピンク色が全く似合わなかった。

父は教師で、長年読みにくい生徒の名前に悩まされてきたせいか、「人が読めない名前は、付けるべきではない」というのが持論だった。父親の和夫と母親の幸枝の一字ずつをとって和枝（かずえ）と命名した。姓は全国姓名ベストテン第十位の加藤である。昭和の大歌手「美空ひばり」の本名と同じだ。あまりにもありふれた名前、全国に同姓同名が何人いるだろうか。

和枝の叔父が地学の教諭で、化石のコレクターでもあった。納屋を改造してミニ標本室にしていた。和枝は叔父の家へ遊びに行くと、この納屋で化石を物色するのが楽しみだった。和枝がお習字の時に使っていた文鎮は、有孔虫（＊1）の化石を樹脂で固めた叔父の作品である。叔父は、たまに休日に子供たちを化石の出そうな露頭に連れて行ってくれた。和枝は夢中で化石を探したが、出るのは貝か植物の破片ばかり、いつか、恐竜の化石を発見したいと夢見るようになった。映画の「ロストワールド」のような恐竜の世界が、今でも実際に存在すると信じていた。女の子が持って遊ぶぬいぐるみには全く興味を示さず、ガチャガチャなどで恐竜の模型を集めていた。小学校の頃の将来の夢は「古生物の学者になって、恐竜の化石を発見する」であった。

和枝はすくすく育って身長は一七〇センチメートルにもなった、大抵の男の子は自分より大きくて、頭の良い女の子が苦手だ。別に、毛嫌いされたわけではない。男の子の友達はいっぱいいたが、恋の相手とみなされたことは一度もない。背が高く勉強ができて気だてが良く、頼りがいのある和枝は、皆から好かれた。

三　理学部地球科学科での日々

愛知県は教育水準の高い県である。和枝は隣の町にある、県で二番目、全国でも有数の進学校へ通った。毎年、東大へ二十数名、旧帝大へ百名くらい合格するので、周囲に引っ張られて勉強し、まるでところてんのようにおしだされて、名古屋の旧帝大へ入った。和枝の家から名鉄電車で、一時間くらいで通学できる。和枝の高等学校時代の成績は五十番以内、周りが秀才だらけだったので、自分が特に優秀などとは思わなかった。ただ、体力と、粘りには自信があった。母は和枝には平凡な結婚をして、幸せになってほしいと願ったが、父は和枝が兄より出来が良かったので、学者として成功することを期待した。

大学の理学部地球科学科は、一九四九年に創設され、構造地質、岩石鉱物、地球物理、地球化学、地史の教室があった。創設に加わった教授三人は地質調査所出身者だ。一九九六年に組織改編が行われ、地球惑星科学科となり、地球に関するより広範囲な教育と研究が行われるようになっている。

我が国では、年々理数系を選択する女性は増えているが、体力勝負といったところがある地球科学を選択する女子学生は少ない。その年地球科学を専攻したのは二十人で女性は和枝と茂子の二人だけだった。和枝は学部に進学するまで茂子に会ったことはなかった。

というのも、茂子は英語と物理の単位を落として、教養部を一年余計にしている。そのうえ、お嬢様女子大の附属高校出身だったので、受験には苦労したようで一浪していた。そのため和枝より二歳年上だった。色白でちょっと広末涼子に似たかわいらしい顔立ちだった。化粧もせず、派手な装いもしていない。それでいて、人目を惹く、生まれながらの美形だった。この大学に美人コンテストがあれば、間違いなく優勝していただろう。ただ、浪人時代に家庭教師に教わったと言って、片膝を組んでタバコを吸ったりして、ちょっと不良がかったところがあった。茂子のような華やかな人が、なんでことさらに地味で土方仕事のような地学を選んだのか、だれもが不思議に思った。そんな謎めいたところが男子学生を引き付けるのだろう。まるで女王様のような存在だった。茂子は頭はいいが、あまり勤勉ではない。その一方でとても要領がよく、出来の良い男子学生からノートを借りて勉強していた。借りたノートにラブレターがはさんであるなんていうことが始終あった。

茂子はお嬢様育ちだが、庶民的な人柄だったので、和枝とはすぐに仲良くなった。ある時、急な大雨で電車が止まり、和枝は帰宅できなくなった折。茂子が八事にある彼女の家へ泊めてくれた。

茂子は大きなお屋敷に住んでいた。父親は食品関係の商事会社を経営していて、年の離れた茂子の異腹の兄が事業を手伝っている。和枝には茂子の父親が父親というよりもおじいさんに見えた。なんでも、茂子の母は、本妻が長患いの後に亡くなった後で、茂子を連れて家に入ったとか。したがって、茂子がお嬢様と呼ばれるようになったのは中学二年生の時だそうだ。

茂子の家へは何度も遊びに行った。茂子の母親は若く、まだ四十代に見え、茂子に似た美しい人だった。いつも「よう、おいでりゃした」と名古屋弁まるだしでしゃべるので、せっかくの美人が台無しになる。いつもおいしいお料理でもてなしてくれた。茂子は学生時代、生協の学生食堂へ行かずにお弁当派だったが、母の手作りのお弁当だったらしい。

「うちの母、とても貧しくて、高校へ行けなかったので、教養がないでしょ」と茂子は無教養の母を恥じている様子だった。

茂子は小学生の頃、「愛人の子」だと言っていじめられた。かわいらしい顔立ちゆえに、嫉妬が重なっていじめの対象になったのだろう。

学歴コンプレックスの母親は、茂子の成績が良いのが自慢で、茂子は「私は母親の喜ぶ顔を見たくて勉強した」と言っていた。


三年生の夏休みに紀伊半島南部、熊野市の民宿に二週間泊まって、二人で地質調査をした。そこは古第三紀（＊2）から中新統の海成砂岩、泥岩、礫岩の東牟婁層群を不整合に被覆する中新世（＊3）の珪長質火成岩の熊野酸性岩が分布するところである。民宿のおばさんに弁当を作ってもらって、クリノメーターとハンマーを持って、毎日炎天下を歩き回った。熊野酸性岩にはキラキラと輝く小さな美しい鉱物が含まれていた。

茂子が岩石をハンマーでたたいてサンプリングする姿は無様でなっていない。非力で、ハンマーで岩石が割れないのである、そして、

「きらきら光る平たくはがれるのは黒雲母、赤く光るのはガーネット、緑はトルマリン。どれも小さくて宝石にはならないわね」茂子の興味は、すぐに、そちらへいってしまう。

大学に帰って、岩石鑑定をしてもらうため、つい岩石のサンプルが多くなってしまった。リュックが重い。いつも和枝は茂子の二倍の岩石試料を背負うことになった。熊野市は紀州の田舎だった、交通の便が悪い。当時は今より安全でヒッチハイクをしても危険とは思わなかった。時々通りがかった車に乗せてもらうことがあった。

茂子は運動神経がまあまあだが、お嬢様育ちなのでスタミナがない。午後になると「早く帰ろう」と言いだす。

和枝は、日頃疑問に思っていたことを口にした。

「茂子、なんであなたみたいなお嬢さんが、地球科学なんか専攻したの」

「私が通っていた女子高、偏差値低いでしょ、親が家庭教師つけてくれたの、彼、山男で地質学を専攻していた」

「私を好きになってくれて、大学卒業後、何度も、何度もやってきて、父に『お嬢さんをください』と粘ったのだけど、父は『まだ若い、経済学部出身でない』と首を縦に振らなかった」

「彼、とうとうあきらめて、東京へ行っちゃった、今、海外遠征隊に加わってネパールに行っている」

そういえば、茂子の部屋には、富士山、槍ヶ岳、穂高岳、剣岳などの日本の名峰の写真が飾ってあった。和枝は、夢を見るように遠くを見つめている茂子の美しい横顔を見て、「彼はきっと素敵な人、茂子の初恋の人に違いない」と思った。


調査の合間に、今では世界遺産に含まれている地域の、大小の凝灰岩の洞窟が連なる鬼が城、七里御浜の碁石が延々と敷き詰められたような長い浜辺、落差百三十三メートルの那智の滝などを訪ねた、美しい紀州の山々や海だった。大学四年間で最も楽しくて美しい夏の思い出を、和枝は決して忘れることができない。

四　失恋と就職

和枝は小学生のときから古生物学者になると決めていたので、四年生になると地史を、茂子は地球化学を専攻した。

大学院の修士課程では、和枝は地史へ進み、フィールドワークが苦手な茂子は水圏科学研究所へ進んだ。

水圏科学研究所は和枝たちの研究棟から離れた、少し山の上にあった。

水圏の人たちは昼休みに中庭でよくバドミントンをしていたので、和枝はお弁当をもって出かけて行った。お目当ては博士課程に在籍する長身でハンサムな和田さんだ。彼は京都大学出身で、湖の汚染を専門にしていて、主なフィールドは琵琶湖である。

茂子もお弁当派だが、多分、母親が作ったものだろう。時々沢山作ってきて、和田さんにおすそ分けしていた、そんなかいがいしい茂子の姿を見て、和枝は茂子も和田さんに心を寄せていると見て取った。そして、美人の茂子に勝てるのは運動しかないと思った。

一緒にバドミントンを楽しんでいるとき、和枝は長身を活かし、強烈なサービスとスマッシュを打った。和田さんと互角に打ち合える瞬間が幸せで、茂子に対して優越感を覚える時間でもあった。


ある日の昼下がり、和田さんが芝生で小柄で可愛い感じの女性と仲良くお弁当を食べているのを見かけた。高校の同級生で婚約者だという。色男に思いを寄せる女性は多いものだ。和枝の独り相撲はあっけなく終わり、早々に恋の戦いから降りた。ひそかに思いをよせ、ひとり悩み、やがて消えていくような淡い恋だったようだ。


そろそろ、修士を終えて就職するか、博士課程へ進むかを考えなければいけない時期になっていた。

「茂子、修士論文は進んでいる?」

「まだ、なかなか。でも、いざというときは和田さんが手伝ってくれる」

「まあ、それはどうかな、自分の力でやらなきゃ」茂子はキャリアーウーマンを目指す女性なら言いそうもない言葉を、さらっと言いのける。

「博士課程に行くの？」

「考え中、それよりもわたし早く結婚して、幸せになりたい」

和枝の選択肢に専業主婦なんてない。だから、半ばあきれて、茂子はお嬢様なので働くということが全く頭にないんだと思った。


ある昼下がり、水圏へバドミントンをしに出かけると、仲間が言った。

「知らなかったの？　茂子さん、和田さんを追っかけて京都へ行っちゃったのよ」

「だけど、和田さんは婚約者がいるでしょう。それに修士課程もまだ半年残っているし」

「正直言って、茂子さんは危ない存在だったのよね、情熱的で、積極的だから」

小柄でひっそりした佇まいの婚約者の姿が目に浮かんだ。茂子は常々、「恋は闘い」だと言って、相手の心情を思い量ることなく、情け容赦なく戦いを挑んだ。彼女の恋のバトルで傷ついた人が何人いたことか。和田さんの婚約者もその一人だが、和枝もまたその一人だ。和枝は、片想いだったにもかかわらず、この失恋は以後、長く尾を引いて、ずっと独り身でいることになってしまうのである。

和枝の実家は名古屋駅から名鉄電車で四十分、のちに平成の大合併で小さな町や村が集まってできる小都市の外れにあった。大都会から近いとは言え、周りには田んぼや果樹園が広がっていた。集落に住んでいるほとんどの人が同じ姓ばかり、よそ者を嫌う閉鎖的な村社会だった。和枝は、自由な広い世界へ羽ばたきたかった。和枝の両親は進歩的で、女でも手に職をつけて自立していかねば、という意見の持ち主だったので、和枝に高等教育を施した。博士課程に進みたいと言っても反対はしなかっただろう。教授も博士課程へ進学することを強く勧めた。しかし、和枝は博士課程を修了し、助手、助教授、やがては教授へという進路に自信が持てなかった。

時はちょうどバブル時代と言われた一九八〇年代。ＮＴＴが民営化された。日本の家電製品や自動車が海外でよく売れた。円高で、不動産や株価が高騰した。今から見れば異常な時代だった。

景気が良く、男子の同級生は早々に有名企業から内定をもらっていた。だが、当時は今よりもっと男女差別がひどく、四大卒の女性の就職口は狭く、教師か公務員くらいしかなかった。

和枝の両親は地元では全く浮いた存在だった。上から目線で人を見下し、えらそうに人に指図したがる。長年教師をしていると教師独特の体臭といったものが身についてしまうらしい。本人は気が付かなくても、一目見て、元教師だったことがわかってしまう。和枝は、謙虚さの欠けた両親の姿が嫌だった。

それに、小・中学生だった頃、和枝は実力で良い成績をとっても、「親が教師だから、贔屓されている」と陰口をたたかれ、教師たちは遠慮がちに和枝に接した。だから、和枝は教師になりたくなかった。そこで、国家公務員上級試験に挑戦した。猛勉強の甲斐があってトップで合格した。

そして、幸運なことに通産省工業技術院に属する地質調査所に就職が決まった。

五　地質調査所

国は東京都の人口の過密化を緩和する目的で、都にある研究機関を集約し、併せて大学を移転させ、世界に誇れる科学技術の拠点をつくばに設けようとしていた。そのプロジェクトの一つに、地質調査所も含まれていた。

和枝がつくばへやって来たのは地質調査所が移転して五年目で、まだ整っていなかった。広い荒野にコンクリートのビルが立ち並び、陸橋はできているが、まだ道路がつながっていなかった。舗装していない道もあったのだ。建物はすべて新しく、街路樹は植えたばかりで背丈も低い、人工的で冷たい印象の街だった。

国は研究者のために公務員住宅を用意してくれた。家賃は安い。間取りもいろいろあって、一般の職員は高層住宅、部長級や大学教授は一戸建てなどとなっていて、明らかに身分によって分けられていた。独り者用には、独身と単身用があって、和枝には単身用が与えられた。単身用は妻子を東京に残してきた人のためのもので、研究所をつくばへ移転した後は、しばらくそういった人が多かった。和枝の部屋は五階の西向きにあり、晴れた日の夕方、赤い空を背にした影富士が望まれた。

つくばへ引っ越す際、二四歳にもなって過保護と見られたが、両親が付き添ってきた。和枝の初めてのひとり暮らしである。母は広い原野にビルが林立している風景を見て、

「ひどい殺風景、緑なんてありゃせんがな」

「こんなに広い土地があるのに、な〜んでまたこんなに高いとこに住まにゃあならんで」

母はずっと田舎で暮らしていたから、集合住宅なんか住んだことがない。

その夜、ドスンという音がして、ビルが大きく揺れた。母が真っ青な顔をして、和枝にしがみついた。テレビはついたままだ。

「お母さん、震度4だって。ここらへんじゃこのくらいの地震は珍しくない」

「どえらいこと、恐ろしい」

三河平野ではめったにこんな地震は起こらない。三河の人たちは大地は動かぬものと思っているが、つくばの人たちにとって大地は揺れて当たり前なのだ。

「こんなところに住んでいたら、おかしくなってしまう」

母が、和枝の行く末をしきりに心配した。

父は、タンス、鏡台といった家具や洗濯機、テレビなどの電化製品を揃えてくれた。おまけに、「ここは交通機関が少なく不便だから」と言って、自動車まで買ってくれた、そして、

「これらは、和枝の嫁入り道具だ」

と、言った。

和枝の実家の地方は派手で、少し前までは、嫁入り道具一式を披露する風習が残っていて、娘三人いれば身代がつぶれると言われていた。父は十分な嫁入り道具を揃えてくれた。相手もいないのに、これで和枝を嫁にやったつもりなのであろうか。

翌日、二人は筑波山神社にお参りした後、水戸の偕楽園を観光して愛知に帰って

いった。つくば市は特別であって、茨城県は実は風光明媚なところなのだ。彼らはそれを知ったに違いない。

和枝は勉強ばかりして、母から家事一般を学んでこなかった。男子厨房に入らずといって、一切家事をしてこなかった男子単身赴任者と変わらない。当時、研究所の周りにはコンビニエンスストアもあまりなく、この上なく不便だった。だが、和枝には環境にすぐ順応できる術が備わっていた。早速、料理の本を買って一人暮らしを始めた。

和枝は、大卒女子の就職難のおり念願の研究職を得られたことがうれしく、希望に胸を膨らませていた。

地質調査所は国として行うべき「地質調査・研究をおこなうための組織」で、当時は八研究部（地質、海洋地質、環境地質、地殻熱、鉱物資源、燃料資源、地殻物理、地殻化学）、地質標本館、企画室、国際協力室、地質相談室などがあった。

この研究所では、つくばに移転してすぐの頃は、移転困難者が大量に出たので、多くの人員が補充された。五年たって大体落ち着いたので、和枝が入所した年は三名しか採用されなかった。新人は企画室に配属され、三ヶ月間研修を受けた。

三人が初めて顔を合わせた時、和枝より三、四センチ背が低いと思われる男性が「うわー、でかい」と言うと、周りの視線が一斉に、和枝の方に向けられた。こんな光景、生まれてこのかたどのくらい経験しただろうか。

彼は山本君と言い、東北大の学卒で堆積学が専門、上背こそないがたくましい足をしている。地質図（＊4）作りを専門にしたいと言っていた。

少し大きい方は一七五センチメートルぐらいだろうか。清水君で、東大の修士課程修了。今や環境問題で名を馳せている教授の教え子だ。地球化学が専門で、優秀だという噂だ。学生結婚をして、教師の妻が家計を支えてきた。ものすごい物知りで、つまらないことまで知っている。多分一度読んだら、ずっと覚えていて忘れないのだろう。早速、「歩く百科事典」というあだながついた。今では、スマホがなんでも教えてくれる。百科事典なんて言葉、死語になってしまっている。

入所して一週間も経たないある日の昼休み、会計課の小百合ちゃんがお弁当を二つ持って、和枝の配属の部署である企画室にやってきた。小柄な可愛い感じの子だが、口達者で勝気そうに見える。山本君とは卓球室で知り合ったとか。山本君は小柄だがなかなかイケメンだ。しばらくして山本君の椅子にカラフルなモチーフつなぎの座布団が敷かれた。これを座布団投資というらしい。冬は半年も先なのに、小百合ちゃんは彼のセーターを編み始めた。なんだかんだと言って、しょっちゅう企画室にやってくる。和枝と山本君が話していると、すぐに会話に割って入る。この人を取られまいとする様子がありありだ。彼女はしっかり者で結婚資金をうんと貯めているという噂だが、彼はまだゼロ円だ。山本君が冬のボーナスをもらってすぐ二人は結婚した。

地質調査所には、当時、女性の研究員は和枝の他に二人いた。他の研究所に比べ、女性研究者の数が非常に少ない。二人ともつくば移転前の採用だった。一人は三十代で火山の専門家。職場結婚をしていて、夫は地震学者だ。大学でワンダーフォーゲル部の部長をしていたとかで、北と南のアルプスの三千メートル級の山々をあらかた登っている。小柄でスリムなので、そんなエネルギーがどこにあるのかと驚いてしまう。崖も滝も登ってしまう頑張り屋だ。出張が多い二人だが、困ったときには水戸に住む親の助けを借りて、二人の子供を育てている。夫がとても協力的で、共稼ぎを続ける良い環境にいる。後に、地質調査所で初めて女性部長になった。彼女はまさにキャリアーウーマンのロールモデルであった。

もう一人は四十代の鉱物学者で、メガネをかけていて、細身。ちょっと夜行生物を思わせる雰囲気を漂わせている。標本館の居室にこもっていて、めったに出てこない。顕微鏡が唯一の友達。ライフワークは新鉱物を発見することだとか。非常に付き合いの悪い人で、標本館の案内業務は一切しない。東京に年の離れた大学教授の夫がいる。研究のために子供は持たない方針だとか。週末や連休もつくばにいて、めったに東京に帰らない。夫婦関係はとっくに壊れてしまっているのではないかと、陰では噂されている。

研修が終わって、山本君は地質部へ、清水君は地殻化学部へ、和枝は燃料資源部へ配属された。

六　恩人・北大路部長

和枝は幼い頃、恐竜の専門家になるつもりでいたが、大きな体に似ず有孔虫という微細な対象を専門に選んだ。適当な師匠が見つからなかったこともあるが、微化石の方が地層の年代決定や環境解析に役立ち、石油や天然ガスの生成解明にも役立つと思ったからだ。

燃料資源部部長の北大路さんは定年間近であった。グレイヘアで、葉巻をくゆらせている様は、ちょっと絵になる。若い頃に地質調査所の「光源氏」ともてはやされた美男子の面影が残っていた。実際に、伯爵家のお坊ちゃまだとか。

「第二次大戦で何もかも失い、没落の悲哀を身に染みて味わった」

と、時々嘆いておられる。それでも、葉巻をくゆらし、スーツはオーダーメイド、万年筆、葉巻タバコのパイプ、ライターなどの持ち物は一流であった。立ち振る舞いの優雅さから育ちの良さがうかがえた。所内で唯一の石炭の専門家だった。実際彼が退職すると、石炭の専門家は、所内に一人もいなくなった。

余談になるが、和枝は化学の始まりが錬金術であったように、地質学の発祥は、一山あてようとたくらんだ山師からだと思っていた。ところが、日本ではノーベル賞受賞者の湯川秀樹博士の父の小川琢治博士が地質学者であった。地質調査所にはかつて、明治の元勲の子孫で、一生独身を貫き、とても変わっていた人物が在籍していたとか。ほかにも、皇室に縁のある方もいる。だから、昔は高貴な家柄の方も修めた学問のような気がする。

部長の部屋を訪れると、いつも自ら美味しいコーヒーを入れてくれた。

「つくばでは、石を投げれば博士にあたるといわれるほど博士が多いです。博士号をとって一人前の研究者です。さしあたりの目標は博士号を取ることですね」と言われた。

和枝は先輩に一緒にフィールドを歩いてもらって、地質調査のノウハウを会得するとともに、ひたすらデータを蓄積した。

北大路部長は、和枝とは専門が違ったが、研究方針の相談に乗り、論文をよく見てくれ、的確な助言をしてくれた。和枝は母校に博士論文を提出した。部長の指導のおかげであまり苦労することなく博士号を手に入れることができた。

北大路部長は退職後まもなく肺がんで亡くなられた、たぶん葉巻の吸い過ぎだろう。部長は和枝の大恩人だ、政治力がなかったので部長止まりで終わってしまわれたが、折り目正しく見識があり、本当にやさしい人だった。

七　企画室への出向とみにくいアヒルの子

入所十五年くらいたった頃だっただろうか、労働組合の役員の二人がやってきた。

「加藤さん、昇給が遅れていますね。同期の男性より二年遅れています。あなたの業績が決して男性に遅れをとっているとは思いません。これは男女差別じゃないですか。あなたはこれで良くっても、あとから続く私たちが困るんです。部長に、『昇給遅れているのは男女差別だ』って文句言ってください」

和枝は、体力、知力ともに男性に劣らない自信があったし、自分を女性特有の精細さも備わっていると思っていた。だが、独身貴族で給料に十分満足していたので、うかつにもあまり性差について考えたことがなかった。

だいたい地調の新人採用は、石炭ブームや黒鉱（＊5）ブームの時に大量に採用したりして、人員採用に計画性がない。人員構成は団子だらけである。昇格昇進枠には限りがある。実際、つくば移転後の大量採用がネックになって、和枝たち同期の者たちは昇進が遅れている。

地質部の山本君は地質図作りで成果を挙げているが、

「地質図作りが地調の看板事業なのに、論文としての評価が低い、それっておかしい。時間と労力を他の研究より数倍多くかけているのに、この扱いは不当だ」

と、不満を募らせている、地質図作りはルーチンワークとみなされ、一般論文より評価が低い。彼は地質図作りに時間をとられ、まだ博士号が取れていない。

清水君は有名な教授の元を離れて、すっかり色あせてしまった。メカに強く、パソコンをはじめちょっとした機器のトラブルを解決してしまう。ただ、やさし過ぎて人の頼みを断れない。今も和枝のパソコンは清水病院に入院している。和枝は清水君の仕事を邪魔して、申し訳なく思っている。本人も、「出世コースのレールから外れて引き込み線に入ってしまった」と嘆いている。

そんなわけで、同期の二人は昇給が遅れているが、和枝は同期の男性よりなお昇進が二年遅れていた。和枝の論文数の方が彼らより多いのに。いくら鈍感な和枝でも無視できない男女差別であることを納得させられた。

組合役員の二人に背中を押されて、部長室に出かけて行った。

「私、同期の男性より昇給が二年も遅れているのはどうしてですか。彼らに論文数だって負けていないし、国際誌にも投稿しています」

「確かに研究業績面では、あなたは彼らに遜色ありません。ただ一度も出向したことがないし、企画室へ行ったこともありませんね。実はそういったことが、所への貢献度と見なされ、昇給に影響するんです。わかりました、早速来年企画室へ行って頂くよう計らいましょう」

と、部長は言った。

翌年から二年間企画室勤めとなった。二年間研究できなかったが、和枝に大きな変化をもたらした。それまでの和枝はスッピンにトレーナーや白衣と、身なりにほとんど無頓着だった。それが、人と会う機会が多くなったため、スーツを着て、身なりに気を使うようになった。研究所の組織、研究予算の取り方、研究費の配分などを学び、自分の研究費を獲得するためにはどんな努力をしなければならないかを学んだ。

ある日、企画室長が、

「和枝さん、いい声をしているね。混声合唱のソプラノのメンバーが足りないんだよ、助けてくれる？」

と、声をかけてきた。

室長は美声の持ち主だ。学生の頃に男声合唱団に在籍していた経験を買われて、今、工技院傘下の研究所の合唱団を率いている。

「私、子供の時、少しピアノ習いましたけど、コーラスの経験は全くありません」

と、尻込みしたが、

「全然問題ない。とにかく、クリスマスコンサートのために、メンバーを揃えなければいけないんだ、助けてよ」

と、無理やり練習に連れて行かれた。

研究所は男性が圧倒的に多い男社会だ。事務職員やアルバイトを合わせても、常に女性メンバーが足りない。クリスマスコンサートだけの助っ人のつもりが、終わってもコーラスに付き合うことになってしまった。

「和枝さんの声きれい、すばらしい。それにすごいボリューム」

「三人分の声が出ていますよ」

周りが褒めちぎる。

「義務教育でしか音楽やっていませんけど」

「素質あるからすぐ追いつけますよ」

おだてに乗って、室長が習っている音楽教室の個人レッスンを受けることになった。

前からでかい声であることは自認していた。人に褒められて初めて自分の美声に気づいたのだ。音楽教室では、一年に一度の独唱会があった。和枝は、メイクをしてロングドレスを着て、プッチーニの歌劇「ジャンニ・スキッキ」の「私のお父さん」を歌った。学会で研究発表する機会が多いので、舞台に立つ度胸はついている。ソプラノの歌手には大柄な女性が多いという。ゆたかな声量で堂々と歌う和枝の姿は舞台映えした。

独唱会の日、川端君が留学生などを連れて聞きにきてくれた。なんと、花束などを持って。和枝はなぜか彼が聞きにきてくれたことがうれしかった。

この経験は和枝に激的な変化をもたらした。今まで、体の大きさに引け目を感じて、いつも背中を縮め、目立たないように目立たないようにしてきた。それが、そんなことをする必要がないことに気が付いた。容姿に対するコンプレックスが消えたのである。美人でなくても身なりを構い、内なるものを磨けば、魅力的になりうると思えるようになった。みにくいアヒルの子が白鳥に変身した。

八　茂子の最期

和枝の入所一年後につくば万博があった。それを機に、一気につくば市は都市としての環境が整備され、発展していった。人口も土浦市より多くなった。百貨店の入ったショッピングモールがオープンし、バスターミナルが整備された。企画室へ移ってから、和枝は外勤が多くなった。東京へ行くにはJR常磐線の土浦駅かひたち野うしく駅を利用することになるが、常磐線は始終トラブルを起こして止まる。都心に行くにはつくばセンターからバスに乗って東京駅へ行くほうが便利で楽だ（つくばエクスプレスが運行するようになったのは二〇〇五年のことである）。

バスターミナルで、ポンと背中をたたく人がいた。

「和枝ちゃんじゃない。私よ、茂子」

人目を惹く華やかで美しい人がいた。洗練したメイクを施して、爪にはきれいにマニキュアが塗られ、かつてはリケ女だったなんて信じられない人がいた。

「ごめんなさい、気が付かなくて」

「和田がね、筑波大の准教授になったの。天久保に住んでいるから遊びに来て」

翌日クレオの食料品売り場で、またもや茂子にばったり会った。茂子は連れの男性に、

「和枝ちゃんよ」

「やあ、随分久しぶりだなあ、元気？」

和枝は、一瞬この人誰だっけ、という表情をしたに違いない。だが、声色は変わらないものである。声で昔の彼が甦った。和田さんの体は二倍に膨れ、頭髪は後退しはじめていた。和枝があこがれていた白馬の騎士はどこへ行ってしまったのだろう。百年の恋がいっぺんに冷めた。長い間和枝の心の中でくすぶっていた恋の残り火が消えてしまった。


つくばは案外狭い世界である。次の日曜日、クレオでまた茂子に会った。ちょうどお昼時だったから、二人でイタリアンレストランに行った。

「和田さん、放っておいていいの？」

「彼、いま学生とフィールドへ行っている。あなた、和田を見てきょとんとしていた。一瞬わからなかったのでしょう？　がっかりしたでしょう、昔の面影がないものね」

「研究しか能がない人なの、趣味は唯一食べること。だから太る」

「おいしいものばかり食べさせていたんでしょう、だったらあなたにも罪がある」

「初めて彼の家族に会ったとき、彼のお父さんも太ってて、髪もかなり少なくなってたの。彼、今じゃお父さんにそっくり。私はそういうところをよく見ていなかったのよね」

「和枝はどうして結婚しないの？　研究所には結婚できない男性がわんさといるでしょう。よりどりみどりじゃないの」

和枝は和田さんに対する失恋の影をずっと引きずっていたせいか、これまで彼女の琴線に触れる男性に巡り合えなかったせいか、いまだにずっと一人でいる。

茂子の質問に対して和枝は、

「あなたみたいな美人がうらやましい。男の人って、女の外見しか見てないよね。小柄できゃしゃで、若くてきれいなのが良い。私、このようにでかくて、いかついでしょう、女として見られてないんじゃないかしら」

「そんなことないよ、大きな女が好きな男もいる。あなたは自分の良いところに気が付いていないだけ。和田だって、ほんとは私よりあなたのほうが良かったのではないかな、あなたが職捜しをしていた時、さかんに心配していた」

「研究一筋なんて人生、味気ないものよ。一度は結婚してみなさい」

茂子は饒舌だった。

その後もたびたびお茶をしたが、茂子の言葉にはとげがあって、時々和枝の気に障るようなことをグサッと言うのだった。茂子はくずれた雰囲気を持つようになっていて、性格が悪くなっていた。

そのうえ、大きなため息をついて、

「和枝がうらやましい。頭が良くって、研究もできて。専業主婦なんてつまんない。毎日がむなしい」

と、嘆くのだった。

「化学実験の経験がある実験助手を生命研で募集している」と茂子に教えると、さっそく生命研究所でアルバイトを始めた。

和枝を太極拳教室に誘ったのは茂子だった。子供の頃、バレエを習っていたとかで見事なプロポーションをしていて、太極拳も上手だった。

「茂子、美人は得ね。ちっとも歳取らない」

「外側だけ、中身ぼろぼろ」

「あらどうして、そんな風に見えないのに」

聞けば、子供が欲しくてもう十年も不妊治療に通っているそうだ。

茂子はいつも疲れているように見えた。あいかわらず美しいが、学生時代はノーメイクだった愛くるしい顔に、今は念入りにメイクをしている。加齢による衰えは隠し切れないのだろう。

武術太極拳は和枝がそれまで抱いていた「ゆったりとした動き」というイメージとはだいぶ異なっていた。武術太極拳の形は美しく、まさに戦うための競技であった。華やかな表演服をまとって舞う師範の姿は、りりしく美しく、和枝はすっかり虜になった。

しばらくすると、茂子が太極拳教室に現れなくなった。移り気な彼女のこと、さては飽きたのかなと太極拳の先生に、

「茂子さん、辞めたんですか」

と聞くと、

「あら、知らなかったんですか？　なんでもアルバイト先の研究者を追っかけて関西へ行ったそうですよ。お相手は若くて、ハンサムで優秀な方。ただ妻子がいるそうよ」

茂子は夫が期待通りではなかったといって、新しく有望な人に乗り換えたのだろうか。しかも、人の家庭を壊してまで。和田さんだって同じようにして婚約者から奪い取ったのだ。美貌を武器に、これぞという獲物をしとめるためには、手段を選ばず、どんなに周りが傷つこうが、気にもしない茂子の非情さに和枝は腹が立った。

茂子の音信が途絶えて久しい。ある日、突然、茂子の兄から短い便りがあった。茂

子が亡くなったという。茂子の二度目の結婚は長く続かなかった。離婚した後、どんな生活をしていたのかは不明である。実家に戻ってきたとき、茂子はやつれて、まるでゆうれいのような姿だった。かつて美しかった面影はなく、両親も兄も声が出なかったという。実家に帰った時、ガンがすでに全身に転移して、手の施しようがなかったのだそうだ。

茂子は何を求めていたのだろう。多分、子供のいる温かい家庭を夢見たのだろうが、神は無情にも茂子に望むものを与えなかった。だから、いつも心に満たされないものを抱えて、いらいらしていたのだろう。茂子は母親の喜ぶ顔を見たくて勉強したと言っていた。よっぽどの母親思いだったはずだ、残される母親の悲しみに思いいたらなかったのだろうか。親不孝だ。茂子の美貌をもってすれば、他人を傷つけることなく愛を手に入れることができ、幸せになれたはず。和枝は茂子の末路が憐れでならなかった。

九　登との出会いと再会

日本は小さな島国、陸域の石炭・石油、天然ガス、鉱物資源などの天然資源は掘り尽くされ、研究的役割が薄れてきた。平成九年、とうとう鉱物資源部と燃料資源部が合併されて、資源エネルギー地質部になった。

和枝の居室が変わった。引っ越し荷物を台車に乗せて運んでいると、

「お引っ越しですか」

と、川端君が声をかけてきた。

「しばらく姿を見かけなかったわね。私の居室、あなたと同じフロアになったの。どうぞよろしく」

「僕二年間アメリカに留学していたでしょう。そのあと、しょっちゅう船に乗っているし、公団に出向したりして留守しているから、今度の組織改編を知らなくて」

「そういえば、和枝さん（地調にはもう一人加藤さんがいるので、みんながそう呼ん

でいる)、昔はこわかったですね。僕、あなたの逆鱗にふれて」

「大袈裟な！　ちょっと説教しただけよ」

「和枝さん変わりましたね。きれいになってやさしくなって、ボーイフレンドでもできましたか」

「またまた、大人をからかって」

川端君の目がいたずらっぽく笑っている。彼は態度がデカくて、口が悪い。だが、不思議と嫌味がない。育ちが良いのだろう。真っ黒に日焼けして、逞しい。手拭いを頭に巻けば漁師に見える。

「私が歌を習っている音楽教室で、独唱会を開くの。あとでプログラム届けるから聞きにきて」

川端登は和枝が企画室に在籍していた時、新人研修の面倒を見た連中の一人だ。海洋地質学が専門である。

その年の新人は五人だった。彼はドクターを取得している選考採用だった。あとの四人は修士課程修了で公務員上級職試験に合格した者たちだ。この頃から、他の研究所では、即戦力を求めて博士課程修了者を選考採用するようになっていた。ただ、地質調査所は博士課程修了ではものにならない。試験採用した者を独自のプログラムで地質調査のスペシャリストに育て上げる方針を捨てていなかった。したがって、今は選考採用と試験採用の両方を採用している。

川畑君は一番年上で三十歳を過ぎていて、すでに結婚していた。

新人研修メニューの中には、地学関連の施設巡りがある。海洋調査船「白嶺」見学の日の朝、集合時刻に川端君の姿がなかった。

「川端君『白嶺』には何度か乗ったことあるから失礼しますって」

「私には彼から連絡ないわよ。こういうことはきちんとしてくれないと。これは新人研修なの。乗ったことあるからスルーするなんて理屈は通らない」

「おおめに見てやって下さい。夕べ大変だったから」

「美人の奥さんを見たいって、ワインとケーキを持って彼の家へ押しかけたんです」

「前もって了解を得ておくべきだったな」

「彼の奥さんは我々を見ると部屋に引っ込んでしまって、出てこない」

「俺たちしらけちゃって、ビールで乾杯して早々に帰ってきちゃった」

「確かに美人だったよな」

「うん、だけど、いい大人が人見知りするなんて」

「四国の田舎から来たって言ったよな」

翌日、和枝は連絡してこなかったことだけを注意するつもりだった。だが、何事もなかったようにしらーとしている彼の顔を見て「馬鹿にされた」と思い、怒りが爆発した。

「ちゃんと私に連絡してくれるのが礼儀でしょ。ここはなんでも好きなことができる大学とは違うの。あなたは地質調査所という組織に組み入れられた一所員。研修はこの研究所を知ってもらう大切なプログラムなの。あなたはドクターで一人前かもしれないけど、後の四人はまだ研究者の卵なの。研修を馬鹿にしないで、皆と調子合せなさい」

みんなの前で女性に叱られたことは、彼にとって相当ショックな出来事だったらしい。

十　組織改革と海洋調査

一九九〇年代に入って昭和が終わり、平成になった。宮沢喜一、細川護熙、村山富市、小渕恵三など、総理大臣が目まぐるしく変わった。バブル経済が崩壊し、地価は下落、土地神話が消えた。経済が低迷し、人員削減のため、中高年のリストラが行われ、大学生の就職氷河期が始まった。インターネットが普及し、パソコンの保有率が格段に増加した。オウム真理教による地下鉄サリン事件など物騒な世の中となった。米米CLUBの「浪漫飛行」、美空ひばりの「川の流れのように」が流行した。海外では、イギリスでマーガレット・サッチャー政権が誕生した。

バブル崩壊の波は、とうとう国立大学、国立研究所にまで押し寄せた。

二〇〇一年に研究所は法人化という嵐に見舞われ、たびたび機構改革が行われた。従来は、地質、海洋地質、環境地質、地震地質、地殻熱、資源エネルギー地質、地殻物理、地殻化学、地質情報センターと細かく分かれ、研究者各自の専門性がよくわかった。新しい組織は、活断層・火山研究部門、地質情報研究部門、地圏資源環境研究部門、再生可能エネルギー研究センター、地質情報基盤センターと、大きく括られた。素人には、言葉だけが長たらしく専門性がよくわからない分け方になった。効率の悪い研究テーマはリストラされた。和枝のような地味な基礎研究を行うものにとって、厳しい研究環境になった。法人化ってなんだろう、結局、政府はお金がないから、重点的なところにちょっとお金をばらまいて、足りないところはお前たちでなんとか工面しろと言っているように、思われた。

日本では陸域に天然資源がなくなったので、海に資源を求めるようになった。日本近海にマンガンノジュール（＊6）やメタンハイドレイト（＊7）がいっぱい眠っているという。

和枝はあまり頭が切れる方ではなく、データを積み重ねて、こつこつ研究するタイプである。陸域に自分のフィールドを持っているが、川畑登がリーダーである研究グループに属し、コアサンプルをもらっている。登の方が十歳も年下だが、いまや彼の方がリーダーだ。登は頭が切れて能弁で、予算取りがうまい。ただ、研究報告書提出にノルマを課し、取り立てが厳しい。気の弱い人ならパワハラと感じてしまうかもしれない。

和枝はグループに貢献すべく、生まれて初めて海洋調査船に乗ることになった。東京湾を出た途端に低気圧に出遭った。船は縦に横に揺れ、ローリングした。ビールの空き缶が床をゴロゴロ転げ回った。体力に自信があった和枝だが、船には全く弱い。吐いて吐いて、三日間起き上がれなかった。四日目にして、やっと這うようにして食堂に行った。すっかり海の男になっている登は、気持ちが悪くて食欲のない和枝を尻目に、健啖ぶりを示した。船に乗るとお腹が空くのだそうだ。船酔いした和枝にやさしかった。だが、彼の後輩の大学院生には厳しい。ときどき、叱り飛ばしていた。院生は髪を長く伸ばし後ろでしばってポニーテールのようにしている。ちょっと見た目には男か女かわからない。彼は、これは「おしゃれではなく、忙しくて、床屋に行けないからだ」と言い訳していた。少しばかり飲み込みが悪く、仕事が遅い。登はどうやら、頭の悪い奴、鈍い奴が嫌いなようだ。

音波探査などの機械が動いている間は船が走っていて、地球化学屋と地質屋はのんびりとしている。定点観測地で船が止まると、採水、採泥が始まり、猫の手も借りたいほど忙しくなる。温度や酸素濃度を測り、泥やコアの特徴を記載し、サンプリングをする。化石が出ると和枝の出番である。

船が走っている間、和枝は暇なので、甲板に寝転がって真っ青な空や海をただ眺めていた。完全に思考が停止していた。船に乗ると漫画しか読めない、簡単な計算もできなくなると聞いたが、まさにその通りであった。

登がやってきた。

「すっかり慣れて、気持ち良さそうですね。和枝さんの得意な歌が出てきそうです」

「とんでもない。船が走っているときはいいですよ。定点観測で船が止まると大波でしょう。まだ気持ち悪い。ところで奥さんと娘さんどうしてるの」

つい口が滑ってしまった。

「ぼくから逃げたまんま、僕を憎んですらいます。僕の仕事、誰でも取って代われると思っている。全然理解していません。彼女、誰かに頼ってしか生きていけないのに頑固で、意地でも別れるものかっていう態度です」

「女って案外弱いものよ。私の友達も高学歴なのに専業主婦になっちゃった。あなた、専業主婦を軽く見ていない？　セックス付きの『家政婦』くらいにかんがえているんじゃないの？」

「そんなに専業主婦って大変でしょうか。僕のおふくろは、二人の子供を育てあげ、住職の妻、それに幼稚園の園長として頑張っています」

「あなた、立派なお母さんとさやかさんを比べてしまったんだ、そりゃ、さやかさんつらいわ」

「僕、そんなに厳しいですかね、とにかくはるかの義務教育が終わるまでは責任があると思っています」

和枝は家庭を持ったこともないのに、まずいことを聞いてしまった。余計なことを言ってしまったと思った。

十一　登の家族

登の実家は四国の由緒あるお寺である。両親は父が京都の大学に通ってきた時に知り合い、母親は結婚前まで教師をしていた。彼女は「丈夫なことだけが、自分の取柄」と言っていたが、忙しい住職の妻としての役目をこなしながら、二人の子を育てた。

父親は家を継ぐために学者の道を諦めたそうで、登には好きな研究者の道を進ませたいと思っている。知的で説教上手、したためる書は見事である。

登と五歳違いの妹は幼いときに女の子と遊ばないで、いつも兄たちについてきた。危険だと注意されていた河原で遊んでいた時、濡れた石に足をとられて川に落ちた。川の流れは速い。あっという間に流された。幸い釣り人に助けられたが、数日間生死の間をさまよった。彼女にとって忘れられない恐怖の体験であり。いまだにうなされることがある。それが仏門に入るきっかけをつくったようだ。仏教系の大学を出たあと、父のもとで修行をしている。

妻のさやかの実家は地方のいわゆる土地持ちである。いまは祖先から受け継いだ土地を大きなスーパーマーケットやレストランに貸している。駅前の商店街の土地の一角もそうだ。働かなくても暮らしてゆけるので、父親は会社勤めをしたことがなく、ゴルフ、釣り、カラオケなど趣味三昧の生活をしている。母親は昔の美しかった面影を残していたが、伊予弁を気にする大人しい田舎の人であった。歳の離れた兄は隣の街でイタリアンレストランのシェフをしているが、水商売を嫌っている両親とはあまりうまくいっていない。さやかの両親は田舎の古い考えの人だ。世間の手垢がついていない娘を嫁に出すのが最良のことだと思って、会社勤めをさせずにお茶やお花を習わせ、家事見習いをさせた。

登とさやかは見合い結婚であった。田舎の若者は結婚が早い。友達が次々結婚していく中で、さやかは美人なのになぜか縁遠く、一人取り残されていた。そんな折に持ち込まれた縁談話だった。

さやかはあせっていた。日本最高の大学のブランドを持った男性との結婚話に、願ってもないと乗ったのである。さやかを知る登の妹が「彼女はお嬢様育ちで、甘ったれで、薄っぺらだ」と反対した。しかし、檀家の有力者の紹介で、断りにくいこともあった。登はさやかが地方の女子短大の食物栄養学科を卒業していて、料理が得意という触れ込みを信じた。何よりもさやかの美貌に魅了された。静かな、日本的なたずまいに惹かれた。登は中・高と男子校に通い、大学で周囲には女性が少なかった。身近な女性は教養があってしっかり者の母と妹だけであった。女にもいろいろなタイプがいることを、まるで知らなかったのである。

十二　登とさやか、それぞれの事情

登夫婦がつくばに新居を構えた頃は、つくばに大学や研究所が移転し始めて十五年くらいたっていたが、まだまだ希望に満ちた若い人たちの町だった。当時は公務員宿舎があり、そこは、教養も価値観も似たような人たちが住む、同族社会、いわゆる研究者で作られた村社会だった。

いざ二人の生活が始まると、登は時間外労働が当たり前で、帰っても夜遅くまで勉強していた。さやかは新聞や本を読まない人で、ミーハーで、全く世間知らずだった。だから、地域や家庭までアカデミックな匂いのする社会に、溶け込めないでいた。

すぐに子供に恵まれ、妊娠七カ月で出産のため実家に戻った。ところが出産後二カ月たっても三カ月たってもつくばへ戻ってこない。厳格に育てられた登は、わがままを許さなかった。渋るさやかを無理やり連れもどした。その後も登の出張のたびに、さやかは帰省してしばらく帰ってこないことを繰り返した。甘ったれで、実家の方が居心地が良かったのだ。

登はうかつであった。忙しかったし、はるかの育児はもっぱらさやかにまかせて、はるかの教育を怠ったのである。

はるかが小学校一年生の初めての通信簿をもらってきた時のことである。三段階の評価でオール2、アヒルの行列というやつである。評価の欄にカタカナの読み書きができていない、協調性がないなどと書かれていた。

それを見て、常に優等生だった登は衝撃を受けた。

「君は家でカタカナを教えなかったのか、どんな教育をしていたんだ」

「小学校へ上がるまで自分の名前が書けて、十までの数が数えれば十分だと思っていました」

「それは建前で、昔の話だ。はるかの幼稚園では簡単な漢字や英語まで教えるって書いてあったじゃないか」

　つい登は声を荒らげた。

「三段階で2、これは普通でしょう、普通じゃいけないんですか。はるかは三月生まれですよ、少し遅れているのは仕方ないじゃないですか。それに、ここではみんな頭が良くって、一〇〇点取るんです」

　いつもおとなしいさやかが抗弁した。

「はるかは、僕の子供だ。普通以上であって然るべし」と登は言った。

　夏休みが始まるとすぐに、さやかははるかを連れて実家へ帰った。夏休みが終わってもなかなか戻ってこない。たまりかねて登が迎えに行くと、さやかの父親が、

「登さん、ここらで、戻ってきてお寺をついでくれませんか」と言う。

「父がそう言ったんですか。父はかねがね寺は私が継がなくてもよい、お前は自分の道を行きなさいと言ってくれています」

「あなたは、もう五百年も続いた寺の惣領でしょう。檀家の皆が待っています。あなたの研究よりお寺の方が大事でしょう。あなたの研究はほかの人にまかせて、さやかのためにも帰ってきてください」

「お義父さん伺いますが、さやかをお寺の跡継ぎでなくて、研究者の私にくれたのじゃないんですか」

その時ははるかの新学期が始まるので、無理に連れ帰った。

ほどなく登にアメリカの海洋研究所への留学の話がきた。登にとって願ってもない話である。登は妻子を連れて行きたいと思った。妻子が海外の空気を吸うことは良いことだし、はるかの教育のためにもなる。ほかの研究者もそうしている。ところがさやかは大反対した。

「英語が話せないので、アメリカでの生活はとても耐えられません。さやかの学校だってあるし、あなただけいってらっしゃい」

と、言って登の申し出には応じなかった。

ほどなく、登の妹が結婚して副住職になった。夫は近くの集落の青年で市役所に勤めている。

登が寺の跡継ぎとして帰ってくる望みは消えたのに、さやかは二度とつくばへ帰ってこようとはしなかった。

十三　和枝の家族

和枝が自室で原稿を前に頭を抱えていると、同室の佐藤さんが声をかけてきた。

「なんだか深刻な顔をして、和枝さんらしくないですよ」

「古生物の学会誌に投稿したのだけど書き直せって、また戻ってきちゃった。これで三度目です。とくに、査読者の一人が厳しい。彼のコメントがあいまいで、どう書き直していいのかよく分かりません。だから、何回書き直しても戻ってくる」

「意地悪されているんじゃないですか、僕その人が誰だかわかります。徹底的にライバルをそういったやり方で蹴落とす。汚いやりかたです。ぼくなら、そんな人を査読者に選ばないな。査読者に悪い人当たっちゃいましたね。けど、めげないで頑張ってください。そうすれば、主査や編集長がなんとかしてくれますよ」

と、励ましてくれた。

和枝は最近、自分の論文がマンネリになり、少し質が低下したと感じている。化学分析法でも取り入れて、新たな切り口から取り組まなければならないと思っている。和枝の同年代の研究者たちは管理職についていて、論文を書かなくなっている。だが、和枝は研究生活から引退する気持ちはさらさらない。

良くないことは続くもので、和枝の母が亡くなった。お風呂場で倒れて、あっけなく逝ってしまった。

母は教師だったが、嫁いだ時は、舅、姑がいた。そのうえ先祖代々の田畑があったので、母は三役も四役もこなさなければならず、随分苦労したらしい。和枝が教師でなく研究者の道を選んだことを大変喜んでいたが、結婚もせず、ひとりで頑張っているのを大変気にしていた。和枝は母の期待に応えることができなかったことを悔やんだ。高齢の父が一人暮らしになったので、別居していた兄一家が同居するようになった。兄は器量よしの祖母に似て大変ハンサムだ。幼い時、

「お兄ちゃんが女で、お前が男だったらなあ」と父がよく嘆いていた。

そんな父の言葉を聞かされるたびに、和枝はどんなに傷ついたことか。和枝が容貌に引け目を感じるようになったのもそのせいかもしれない。

兄は東京の学芸大学を出て、地元へ帰り教師になった。嫁は兄の大学の同級生である。兄にぞっこんで、東京から追っかけてきた押しかけ女房である。運動万能で体育の教師をしていた。いまは早期退職して、農業を手伝うかたわら、ママさんバレーの指導をしている。

甥が地元の学芸大学に入った。和枝が、

「あなたも教師になるの？　それはあなたの希望、それとも親の希望？」

と聞くと甥は、

「親の希望に沿ったの。だって親が敷いてくれたレールのほうがたどりやすいでしょう」

父は後継ぎができたと大変喜んでいる。和枝は、口には出さなかったが、それはあまりにイージーゴーイングではないか、迷いながら苦労してでも、自分の道を開いていってほしいと思った。和枝の教師嫌いは、多分両親に対する反発からきているものだ。

十四　和枝とはるかの出会い

天気の良い日の昼休み、和枝は近くの洞峰公園を散歩することにしている。ある日、中学生ぐらいの女の子を連れた登に出会った。

「娘のはるかです」と、登から紹介された。

「僕、いまから来客があるので、もし暇があったら、申し訳ないのですが、この子を地質標本館に案内していただけませんか」

この頃、登は遠慮なく和枝に用事を頼むようになっている。どうやら和枝に惹かれているらしく、彼女と接触したいようだ。

ちょうど夏休み、地質標本館は観光バスでやってきた中学生などで賑わっていた。地質標本館はこぢんまりとしているが、展示物は充実している。岩石・鉱物資源、地球の歴史、生活と地質現象、生活と鉱物資源などの展示室からなっている。

正面玄関を入ると宮城県石巻市・男鹿半島のジュラ紀（一億五千年前）の大褶曲のレプリカがまるで迫ってくるようだ。螺旋階段はアンモナイトの貝の巻き方を模している。はるかは化石や鉱物などよりも、火山や地震に興味を示しているようだった。

はるかを地質標本館に案内した後、和枝は産総研（＊8）の食堂ではるかと一緒に食事をした。和枝の親しみやすい人柄にひかれたのであろうか、はるかは家庭内の悩みをいろいろともらした。

「私ね、ピアノとバレエの稽古やめちゃったので、お母さんと冷戦状態なの。お母さん、私をアイドルタレントにしたかったのかな。わたし才能ないもの。期待を裏切っちゃった。私、成績学年で一番になったのにお母さんは全然喜んでくれないし。それって、おかしいでしょ」

「あなたとお母さんの価値観が違っちゃったのね」

「お父さんの出た大学の偏差値は日本の大学でトップでしょう。お母さんが出た女子大はものすごく偏差値が低いんです。大体、お母さんとお父さんの知的レベルに差がありすぎます。それで一緒に生活できないのかな。お母さんは『お父さんが嫌いなわけじゃない、つくばが嫌いなだけ。つくばは高学歴の人ばっかりで、息がつまりそう』と言っています」

子供は放っておいても勝手に育つというけれど、知的で思いやりのある子に育っているようだ。色白で、ぱっちりした目が賢そうに輝いている。両親のいい所ばかりを受け継いだようだ。子供が両親の不仲に心を痛めていることを、彼らは知っているのだろうか。

十五　女性に対する所内ハラスメント

難航していた投稿論文が査読主査の裁量で採択された。英文だったので、留学経験があり、英語に堪能な環境地質部長に見てもらったので、和枝は礼を言いに行った。

途中のエレベーターで大島さんと一緒になった。白衣の下のお腹が少し膨れている。

「あら、おめでたなのね。いつ？」

「来年の四月です。おかげで雇い止めです。部長に『大体、地質学なんて男の学問だ、結婚すると二分の一、子供を産むと四分の一の戦力になる』って言われました」

「ひどい。それはセクハラ、パワハラじゃないの、訴えなさいよ」

「そうすると、かえって彼に迷惑がかかるし」

「部長の仕返しがこわいのね」

彼女は任期付き研究者である。日本は女性の研究者にとっては生きにくい世界である。しかも任期付となるとなおさらである。任期中に男性が嫁に選んでくれると、

「ああ、彼女の次の行き先を心配しなくてすんだ」と、ほっと胸をなでおろす上司もいるのである。いまだに、「女には結婚という逃げ道がある」と考えられている。

「こんにちは。部長いる？」

「部長さんは午前中外勤です」

部長付きの秘書が答えた。彼女はアルバイトで、夫は他の研究所の研究者だ。

「な〜に、この部屋のきれいなこと。地質屋さんとも思えない」

机の上には、筆記用具、本、資料が整然と並び、積み上げられている。岩石が入ったもろぶたが、きれいに積み重ねられている。たいていの地質屋さんの部屋は、岩石や化石の標本や資料でごったがえしている。机の上は紙雪崩で足の踏み場もない状態になっている部屋もある。

「部長。もうすぐ定年だけど行き先は決まった？」

「熊本大学に決まったそうです」

「それはおめでとう」

「再就職先、母校の岩石教室狙っていたでしょう。それが他大学出身の若い人に持っていかれちゃって、しばらくご機嫌斜めでした」

「最初に高知大学の話があったんです。でもいい返事しなくて、次に熊本大学の話がきてＯＫしたんです。高知大学より熊本大学の方がランクが上ですって。熊本大学は旧制高等学校ナンバースクールの第五でしょう」

「へー、今頃そんなものが存在するの。大学のランクは、てっきり偏差値で決まるものだと思っていた。彼みんなに嫌われているよね。人望ないし」

「どんな教授になるんでしょう。教授といえば、教育者でしょう。部長さん、人格に問題ありですね」

環境地質部長は和枝の大学の先輩である。学会では評判が良く、幅を利かせているらしいが、所内での評判は非常に悪い。研究成果を上げるよう部下を締め付けている。蛍光X線分析装置は確かに彼の力で購入された。だが、「他の人が使うと扱いが乱暴で故障する」などと言って、機器を独占したため、もう一台買うことになってしまった、などなど、パワハラ、セクハラ、アカハラなどの噂が絶えない。

しかし、なぜか、和枝には優しかった。学生時代から、「和枝ちゃん」と呼んで、目をかけてくれ、英文の論文は嫌な顔一つせず見てくれている。昔は気さくな人だった。偉くなるに従って、小柄な体をふんぞり返らせて歩くような、研究者らしからぬ俗物に成り下がっていった。こうなったのは、彼が東大卒でない、短躯だというコンプレックスのせいではないか、と和枝は推測をしている。

三月末日のことである。朝、「私の車がへこんでいる。誰かがぶっつけた」と彼が総務部長室へ駆け込んだ。

総務部長や係長が駐車場に出ていくと、ピカピカに磨かれた彼の愛車アウディの後部が少しへこんでいる。

「たいしたことないじゃないですか。ご自分でぶっつけたのかもしれないし」

「誰かがやったとすれば、相当恨まれていますね」

「警察に訴えてやる」といきまいていたが、「セクハラ、パワハラ、モラハラの訴えが多く出ていますよ」と誰かが言ったら、心当たりがあるのか、新しい就職先に知れたらまずいのか、訴えを引っ込めた。

犯人捜しはうやむやにされた。いまだに誰の仕業かわかっていない。

十六　和枝、仲人になる

産業技術総合研究所のコーラスのクリスマスコンサートの練習時、生命研のアルトの渡辺さんが、若いきれいな女性を連れて来た。ソプラノの助っ人だそうだ。

「加藤さん。いい娘さんでしょう。あなたのところにいい男性はいないかしら」

「何人かいると思いますよ」

早速、次の週に彼女は写真と履歴書らしきものを持ってきた。見ると「釣書」と書いてある。毛筆で書かれ、見事な墨筆であった。

「すごい達筆、どなたがお書きになったの」

「私が書きました」

聞くと、彼女の父親は名の知れた書家だそうだ。姉夫婦が筑波大の准教授をしている。高齢の母に代わって姉の出産の手伝いに来て、産休が終わった後も、残ってアルバイトをしているそうだ。

「『釣書』預かったんだけど誰かいい人いないかな」

同室の佐藤さんに相談をもちかけると、

「へえー、ネット婚活とかいわれている今時、『釣書』を交換してのお見合いですか」

「時代遅れですか」

「いや、ネットの世界、嘘があふれているでしょう。どのくらい信用できるのかなって思っているから、『釣書』を交換してのお見合い大賛成」

「僕の弟、四五歳でまだ独身です。建築業界って男ばっかりでしょう。出会いの機会がないって。昔は見合い写真を持ってまわって、見合いの世話をするお節介おばさんがいたでしょう。最近そんな人いなくなったものな」

「君が分析習っている栗本君なんかいいんじゃないの、彼、優秀だって言うし」

「彼、おしゃべりで調子いいですよ。少し男として、重みないというか」

「いいんじゃないの、明るくって」

早速、石灰質の殻のカルシウムとマグネシウムの分析法を習っている栗本君に話をもちかけた。彼に写真と釣書を見せると、大変乗り気で「ぜひ会ってみたい」という。彼の実家は富山県にあって、父は薬品会社の営業部長、姉は薬剤師をしている。

結婚もしていない、いままで見合いすらしたことがない和枝が、仲人をするなんて想像もしなかった。そう言えば和枝が子供の時、両親のモーニング、留袖姿を何度か見たことがある。教師という職業柄、顔が広く多くの縁組をまとめてきたらしい。しかし、自分の娘には縁談話を一度も持ってきたためしがなかった。彼らは、最初から娘の結婚を諦めていたのだろうか。

つくばのホテルのレストランで二人を引き合わせた。一ヵ月もたたないうちに栗本君がやってきて、

「僕たち結婚することに決めました」

「へえ、ちょっと早いんじゃないの、よく考えてよ」

「僕は一目ぼれ、お互いに気に入りました。向こうの両親が高齢なので、早く結婚して安心させたいんです」

「結婚を前提にお付き合いしたい」をはぶいて、「結婚します」とは驚いた。

結婚式は彼女の母校である女子大の教会で行われた。

結婚式はごくささやかなものであった。車椅子の彼女の父親が涙する姿が印象に残っている。教会の専属の女性コーラスの歌うグノーの「アベマリア」の透き通るような歌声がいつまでも和枝の耳に残った。そのうえ、花嫁が投げたブーケをなんと和枝がゲットした。

結婚披露宴で、栗本君のお父さんは招待客にお酒をついでまわって、如才なく会話をかわし、腕利きの営業マンぶりを見せていた。栗本君の口達者はお父さん譲りだ。花嫁のお姉さんは共稼ぎだが、赤ん坊を含め四人の子持ちだ。いかにもいたずらっ子の男の子が、宴会場を走り回って叱られていた。どっしりとかまえた肝っ玉母さんに見えた。このお姉さんの妹なら、おおらかな人だろう。

栗本くんは数年して九州の大学へ行った。和枝が栗本君から毎年もらう年賀状の家族写真は、クリスチャンとかで二年に一人の割合で子供が増えている。

十七　終の棲家

和枝がつくばに来て、かれこれ二十五年になるだろうか。最初は、荒野にビルが並び立つような未熟な街だった。つくば市北部に工業団地ができ、中心地にはマンションが立ち並び、市外から人々が移り住むようになった。平成一七年につくばエクスプレスが開通したおかげで、都心とつながりができて便利になった。沿線に沿って町が次々とでき、つくばはますます発展して、街として成熟していった。

移転当時小さかった街路樹はずいぶんと大きくなった。春には農林省の敷地内の桜並木は花見客でにぎわう。秋には筑波大のイチョウ並木が黄色く色づき、学園東大通りのトウカエデは赤や黄、オレンジに染まる。学園西大通りのユリノキは大きな葉っぱを大量に落として住民を困らせている。筑波学園の春秋は美しくなった。

筑波研究学園都市の中心街を少し離れると、もうそこは、田んぼや畑が延々と広がっている田舎だ。筑波山の麓の北条地区では、コシヒカリなどのブランド米を産する。農家の家々はどれも立派で、屋根のついた塀まである家がある。和枝が引越してきて間もなく、地元出身のアルバイトの女性の結婚式に招かれたことがあった。隣の会場では、七五三（帯解き）の披露宴をしていた。なんと、お色直しまでして。親類縁者、近所の人まで招いて、盛大に祝うとか。さすがに、今はそんな風習は廃れたと思うが。和枝の田舎に負けず劣らず派手な土地柄であることを知った。

公務員宿舎は、古いところで築三十年以上たち、老朽化が進み、取り壊されることに決まった。和枝は新しい住処を探さなければならなくなった。和枝は今やつくばが大好きだ。この地を終焉の地としたいと思っている。一人暮らしだが、マンションでなく、土の香りや木のぬくもりがする家が欲しいと思った。つくば市の中心街から少し離れた新興団地に土地を買い、家を建てた。土地は百二十坪あり、庭で少しばかりの野菜を育てている。農家の出なので、土いじりは少しも苦にならない。

一キロメートル離れたところに旧集落がある。集落と団地の間に小学校があり、そこに行けば、もう茨城弁が満ち溢れている。

団地の住民は、大学や研究所の職員、その退職者、県内の勤め人、東京へ遠距離通勤している人など様々だ。つくば市の真ん中にいた時ほどの緊張感はなく、おおらかでゆったりとしている。

団地内の自治会は機能していて、和枝は今班長である。月一回の掃除や草取り、会費集め、市の広報誌配りなどで忙しいが苦ではない。この地に骨を埋めるつもりなので、ここの住人に溶け込みたいと思っている。

和枝は、登とさやかの夫婦は公務員住宅でなく、こんなところに住めば、今と違った結果になったのではないかと思う一方、いや、それだけではない深い溝が、二人の間には横たわっているのではないかとも思う。

十八　研究者の家族の苦労

暑い夏だった。例年よりも梅雨が早く明けてしまった。トントンとノックして、登が和枝の部屋を覗いた。

「なんだか子供の声がしているのが気になって、覗いてみたんです」

和枝は五歳くらいの男の子と遊んでいた。

「和枝さんのお子さんですか」

「まさか。田中君の子供さんよ。彼の奥さんキッチンドリンカーになってしまって、いまアルコール依存症更生施設に入っているから、今、男手一つで子供の面倒見ているの。今日は東京へ外勤したので保育園に定時に迎えに行けなくなって、私が代わりに迎えに行ったの」

数年前から和枝は三人の部下を持つようになり、田中君はその一人だ。

三ヵ月前のことだった。保育園から、

「田中つばさ君のご両親が、いつまでたっても迎えに来ません」

と、研究所に電話がかかってきた。その時、田中君は房総のフィールドへ日帰り出張していて車の渋滞に巻き込まれ、帰りが遅くなっていた。和枝が保育園へ行って子供を連れて彼の家に行くと、彼の妻が飲んだくれて正体をなくし、食器戸棚にもたれて寝ていた。部屋は散らかり放題、しばらく掃除した形跡がない。シンクは汚れた食器であふれていた。もう暗くなっていたのに、ベランダの洗濯物が取り入れられていなかった。

「彼の奥さん、農林省の研究者だったよな」

田中君の妻は仕事も家事、育児も完璧にやろうとした。それには全く時間が足りなかった。彼女は手を抜くことを知らなかったのだ。育児と研究の両立が難しくなって、退職した。研究を途中で放り出した自分が許せなく、自分を責めた。その挫折感、絶望感にさいなまれていた時、そばにお酒があった。彼女は酒に溺れて、たちまちアルコール依存症になってしまった。

「彼女、一昨年に両親を病気で相次いで亡くし、一人娘なので、いまは身寄りがなく独りぼっち。彼の家は長野のリンゴ農家で収穫が終わるまで、お母さんこちらへこられないって。だれも助けてくれる人いなかったのね」

「つくばに住んでいる主婦も大変なんだ」

「この間も、隣の化技研の奥さんが生まれて間もない赤ちゃん抱いて、ビルの十階から飛び下りたでしょう。産後鬱だって。電総研から筑波大へ行った教授が自殺したのもつい最近でしょ」

「研究所や大学を一極集中させたのは、縦横に交換しあうことによって、技術を効果的に発展させうると考えたのでしょうけど、そのため、過当競争が生まれ、心を病む人が出てきた。そういったケースへの対策が何もなされていないでしょ。政府は効率ばかり考えて」

「和枝さん、もう暗い話はやめましょう。つばさ君（小さいカバンに名前が書かれていた）、お腹すいたかな?」

つばさ君はこっくりうなずいた、かわいい大人しい子だ。

登は近くのコンビニエンスストアへ食べ物と飲み物を買いに行った。

三人で食事しているとき、やっと田中君が「やあ、すいません遅くなって」と現れると、つばさ君は田中君にすがりついて大泣きした。田中君の目も潤んでいた。

しばらく、田中君父子の厳しい生活が続いた。そのために、田中君は所属グループの研究報告書の提出が遅れている。家事と研究の両立に苦しんだ。男も女も一人親の苦労は同じだ。和枝は、時々、子供の保育園への送迎などを手伝い、同室の佐藤さんの奥さんにつばさ君の面倒を見てもらったりした。つばさ君は、持ち物のハンカチやティッシュを自分で揃え、水筒に水を入れ、食器の片付けをしたりした。「お勉強をする」と言って絵本を朗読することもあった。懸命にパパを助けている姿はけなげで、そんなつばさ君を見て和枝は泣きそうになった。

幸い田中君はまもなく信州大学の助教の職を得ることができた。給料は下がるらしいが、実家から職場に通えるし、子供は両親が見てくれる。彼は信州へ去った。

十九　はるかの自立心

和枝は、登の娘のはるかを二週間預かることになった。東京の予備校の夏期講習に参加するのだそうだ。

「高校卒業したら東京の大学へ行くつもりです」とはるか。

「おじいさんおばあさんは、かわいい孫を手放せないんじゃないの」

「それはだいぶ前の話。おじさんのところに男の子が生まれて、おじいちゃんとおばあちゃんもうべたべた。私、生意気でしょう、可愛くないから」

長年さやかの兄のところは子供に恵まれなかった。ところが不思議なもので、不妊治療をやめたとたん妊娠した。生まれたのは男の子であった。じいちゃんとばあちゃんは、長い間男の後継ぎを望んでいたので大喜び、はるかには見向きもしなくなったそうだ。後継ぎができたことで、疎遠だった息子夫婦との仲が急に接近した。孫かわいさに同居を望むようになったので、さやかとはるか親子の実家での立場は微妙に変化していたのである。

和枝は、昼食はいつも産総研の食堂ですませているのに、五時起きして二人分のお弁当を作って、かいがいしくはるかの面倒をみた。

はるかは県でも指折りの進学校に通っており、成績はトップクラス、かなり自信をもっていたらしい。ところが、東京へ来て、地方と東京の学力レベルの差を見せつけられた。ある日、青い顔をして戻ってきた。模試の結果、志望校に対してD判定が出たという。

「これはもう絶望的」と数日間はなぐさめようがないほど落ち込んでいた。だが、立ち直りが速いようで、帰る折には、

「初志貫徹、絶対志望校に入ってみせます」と勇ましく宣言して帰っていった。

はるかは、成長するに従って祖父母の家での居心地の悪さを感じていた。母は世間が狭くあまり頼りにならない。頼りの父は遠くにいる。何事においても、自分で考えて行動するしかなかった。強くならざるを得なかったのだ。

二十　さやかの居場所

さやかは登が嫌いではなかった、尊敬さえしていた。

登は最初さやかの美しさに惹かれた。しかし、美人は三日見ると飽きると言われるように、さやかの中身の薄さに落胆し、愛は冷めていった。さやかのヘアスタイルがどんなに変わろうが、服装がどんなに変わろうが、一切関心を示さなかった。さやかは美人で、きれい好きで料理がうまかった。ただ、人間としての中身が物足りなかった。一方のさやかは、一緒になれば教養の差なんか問題ないと思っていた。しかし、登は知性のある言動を求め、粗相のない近所付き合いを求めた。そんな要求はさやかには無理だった。

さやかは、自分が育った田舎で誰にも気兼ねすることなく、家族一緒に安楽に暮らしたいと願った。実際は、どこで暮らそうと登とさやかの距離は縮めようがないのに。

さやかは、いつか登はさやかの元に帰ってくると願って、「マダムバタフライ」の蝶々夫人のように待ち続けた。

兄のところに男の子が生まれると、両親ははるかには見向きもしなくなった。父の財産は兄が店を持つための資金として土地を切り売りしたので、次第にやせ細っていっている。兄嫁は、嫁に行ったのに出戻って、いつまでも親のすねをかじっているさやかに厳しい目を向けている。

娘のはるかは、登に似ている。小学一年生のときこそ成績がかんばしくなかったが、あっという間に三月生まれというハンディを克服し、今では学年でトップクラスだ。独立心が強く、中学生の頃から一人で父親のところへ行くようになった。はるかはもうすぐさやかの元を離れてゆくだろう。

さやかは身の置き所のない孤独とつらさを抱えて暮らすようになっていた。そんな折、さやかの父の土地を借りているスーパーマーケットで、レジ係のアルバイトをするようになった。今まで働いた経験がないうえに、更年期障害も重なって倒れた。

花束と果物をいっぱい抱えて社長が見舞いに訪れた。みんなに迷惑をかけているのに、

「ゆっくり休むように」

と、言ってくれた。優しい言葉に思わず涙が出た。風采はあがらないけど優しい人柄だ。

社長は、いつもさびしげで年齢を重ねても美しさを失わないさやかに惹かれた。さやかの身の上に同情し、さやかを救うのは自分しかないと思った。社長は二年前に妻を癌で亡くし、三人の子供たちはみんな独立している。さやかに夫と別れて自分と結婚するよう求めた。

意外なことに、はるかはさやかの再婚に反対しなかった。さやかの再婚は、最初、はるかにとってとても受け入れられることではなかった。だが、はるかは考えた。「お母さんは一人では生きてゆけない人、私はまだお母さんを養う力がない。甘ったれはお母さんが生きてゆくための手段だ。あのおじさんはお母さんに必要だ」切り替えの早いはるかはそれ以上考えるのをやめた。

「お父さんの方が若くて理知的でカッコいい。おじさんは野暮だけど、お金持ちで、とても優しい人。おじさんとしてなら付き合える」と、はるかは言った。

はるかは物わかりのいい子だ。卒業すれば、さやかの元を去っていくだろう。

さやかは体も心ももう限界だった。社長の申し入れを受けたのである。新しい夫は忙しくて毎日帰りが遅い。しかし、登のように家へ帰ってまで仕事をするようなことはしない。社会の難しい話題は口にしない。さやかの作った料理を「おいしい、おいしい」といって食べてくれる。新しい洋服を着ていると、「とても似合うよ」と言ってくれる。髪型を変えるとすぐ気がついてくれる。さやかは、もう働く必要はない。美容院に行ったり、ネイルサロンに行ったり、フィットネスクラブに通ったり、編み物や手芸をしたりして、誰に気兼ねすることなく毎日好きなことをして過ごせるようになった。さやかはやっと自分の居場所を見つけたのだ。

二十一　登からのプロポーズ

研修の折、みんなの前で和枝に面罵されたことは、登にとってかなり衝撃的なことだった。プライドの高い彼は、自分がやりこめられたことが許せなかった。初めは、ことあるごとに年上の和枝をからかって喜んでいた。しかし、和枝はそれらを軽くいなした。和枝は競争の激しい男社会で揉まれ、そんなことではびくともしなかった。登は次第に和枝の人柄に惹かれていった。登には、和枝が宝塚の男役のように美しく見えた。

登から大事な話があるので会えないかというメールがきた。新しく開店したイタリアンレストランで、彼は待っていた。庭先に真っ黄色のミモザの花が咲いている。インテリアは白と青、地中海の色である。テノールが歌うイタリア民謡「カタリ、カタリ」の歌が、甘く切なく流れていた。

さやかがやっと離婚に応じたという。だんだん実家の居心地が悪くなって、スーパーマーケットでアルバイトをするようになったそうだ。スーパーの店主がさやかにぞっこんで、結婚を申し込まれたという。

「僕はさやかにやさしくなかった。彼女が持っていないものを求めた。彼女は依存心が強く、もう愛なんてなくなっていたのに、一人では食べていけないから僕にいつまでもしがみついていた。今度、初めて自分を養い庇護してくれる人に出会えた。祝福してやらなければ」

と、登は言った。

話は少し途切れて、フルコースが終わってデザートが出たのに、登はなかなか相談事を切り出さない。やっと突然、

「和枝さん、僕と結婚してくれませんか」

登は言った。思いもしなかったプロポーズである。

「え、なんですって、再婚だからって結婚相手に事欠いて、何もこんなおばあさんを選ばなくたって。私、あなたより十歳も年上よ、若くていい人いっぱいいるでしょうに」

「僕はずっと前から和枝さんのファンでした。あなたは気づいていないんです、自分の素晴らしさに。和枝さん、頭いいし、歌声もとってもきれいだし、世話好きで、それに、太極拳で鍛えた体、見事なプロポーションです」

「何言っているの、あんまり歯の浮くようなこと言わないで」

「とにかく僕が出張から帰るまでに決めてください。いい返事待っています」

和枝は今まで何度も、登に食事に誘われている。仕事の協力への感謝か、あるいは、

はるかの面倒をみたお礼だと思っていた。確かに登には度々冷やかされている。それが恋愛感情からきているかといえば、そうではないように思えた。和枝にとって登の存在は友達以上、恋人以下である。ましてや、結婚相手なんて考えもしなかった。

和枝は、来月には六十歳になる。赤いちゃんちゃんこを着た花嫁なんて恥ずかしい。それにさやかの憂いに満ちた美しい顔や、はるかの利発な目がちらついた。

義姉に、

「同僚の男性に結婚を申し込まれたのだけどどうしよう」

と相談すると、

「おめでとう。どんな人？」

「優秀で、素敵な人」

「だったら迷うことはないじゃないの」

「ただ、私より十歳も歳下なの」

「年の差なんか気にする和枝ちゃんじゃないでしょう。あなたが結婚するって聞いたら、お父さんが一番喜ぶわよ。ひとりでいる和枝ちゃんをずっと気にかけていたのだから」

正直言って、和枝は社会人になって以降の四十年近い間に、すっかり一人暮らしに慣れてしまっていた。新しく、男性と関係を築くことに自信がなかった。それに、登夫婦の長年にわたる葛藤を無視できなかった。さやかの依頼心を情けなく思う一方で、登のさやかにたいする冷たい態度に腹を立てていた。登がもっと思いやりのある男性だったら、二人の人生は違ったものになっていたかもしれないと思うのである。いつだって、和枝は女性の味方だ。

ずいぶん迷いに迷った。それでも登との約束の日になっても答えが出なかった。

「和枝さんが逡巡するのは、僕たちの年齢の差だけではないでしょう。僕とさやかの間に起ったことが気になっているのではないですか？　今さら、それは消しようのない事実です。僕は頭の悪い奴が嫌いで、甘ったれが嫌いで、自分に甘く他人に厳しい。しかも、思いやりがない欠点だらけの男です。けれども、あなたとならうまくやっていけます。どうか僕と一緒に第二の人生を歩んでくれませんか。このことは娘のはるかも賛成してくれています」

彼の熱弁につられて、ＯＫしてしまった。こんな事態になってしまったのは、栗本君の花嫁が投げた花束をゲットしたせいなのだろうか。

和枝は、ふとそんなことを思った。

二十二　六十歳の花嫁

登と和枝が結婚することが知れ渡ると、所内は大騒ぎになった。歳は和枝の方が十歳上だし、世間は長い間、二人の仲はただの同僚と見ていたからだ。

「川端君の再婚はあり得ても、和枝さんの結婚なんてありえない。しかも川端君の相手が和枝さんなんて想像もできない」などという人すらいた。年の差夫婦は一般には男性の方が年上である。その逆の場合、まだ世間は寛容ではなく、驚きをもって迎えられたようだ。

和枝も登も、できればどこかでこっそりと二人だけで式を挙げたかったのだが、周りが寄ってたかってお膳立てをし、登の故郷で結婚式を挙げることになった。

登の実家の寺は二百から五百メートルの山が連なる山の麓にあり、周りにみかん畑が広がっている。寺の隣には保育園があって、かわいい幼児たちの黄色い声が山々にこだましていた。登の母が保育園を取り仕切っている。

みかんの丘からのんびりと瀬戸内海の美しい島々を眺めていると、こんなおだやかなところで育ったさやかにとって、つくばという競争社会は、さぞ生きにくかっただろうと、和枝は思った。

結婚式は仏式で親族だけで簡単に行われた。和枝は、結婚衣装に「はて、どうしよう」と頭を抱えた。六十歳の文金島田の花嫁なんておかしいし、ウエディングドレスは寺には場違いだし。結局、母の形見の黒留袖を着、登は紋付き袴だった。父は亡き母に見せたかったと、人目も憚らずおいおい泣いた。

結婚披露宴はつくばのホテルグランド東雲で催された。所員ばかりでなく、コーラスの仲間、太極拳の仲間が大勢集まった。花婿さんより花嫁さんの友人の方が圧倒的に多い。いかに和枝がみんなに好かれていたかがわかるというものだ。

和枝の部下で、信州へ去った田中君が遠路はるばる松本から来てくれた。

「在籍中は本当にお世話になりました。おかげさまで妻は立ち直り、リンゴ園を手伝っています」

信州のみどり豊かな景色、澄んだ空気。ゆっくりとした時の刻みが心を癒してくれたのだろう。

「つばさ君は元気？」

「もう、中学生です。将来はおじいちゃんのリンゴ園を継ぐと言っています」

彼は思いやりがある。頼もしい後継者になるだろう。

同期の山本君と清水君も来てくれた。

「やあ、和枝さんが川端君と一緒になるなんて想像もしなかった」と山本君。フィールド歩きをしなくなったので少し体格が良くなり、頭頂部が寂しくなってきた。昔はいい男だったのにと、和枝は思う。

「ぼくはなんかそんな気がしていた」と清水君。

清水君は五年前、東京の私大の教授になった。新しい私大の環境が彼の肌に合ったのだろう。「重金属による土壌汚染について」の研究分野で成果を挙げて、再び輝きを取り戻した。博識で素人にもわかる解説とルックスの良さを買われて、たびたび、マスコミに登場している。

山本君は東北大の教授だ。山本君が母校の教授になれたのは、彼の研究業績によるものではなくて、地質調査所長であったためだと、和枝は思っている。和枝は彼が所長になるなんて、想像もしなかった。若い時は地質部でくすぶっていたが、彼にはマネージメントの才があった。企画室長になると、予算の配分に采配を振るい、研究グループのリストラを果敢に行った。同期といえども容赦はしなかった。和枝のグループを非情にも切り捨てた。和枝はその時の恨みをいまだに忘れていないが、彼にはそんなことは記憶にすらないだろう。お役所のトップの連中は組織の模様替えが大好きだ。彼は次第に所内で発言力を増し、リーダーシップを発揮して、彼らの意に添うように組織を変えていって、所長まで上り詰めた。所内の装いは随分変わったけど、やっている中身はたいして変わらないのが現状だ。彼の妻である小百合ちゃんは目ざとく彼に目を付け、あっという間に彼をゲットした、その早業は称賛に値する。彼女はあちこちの研究所の事務係を務め、夫が課長になると退職した。有能な事務官で、よく研究者と渡り合っていた。利口で、目端の利く人なんだろう。教授夫人になって得意になっている彼女の顔が目に浮かぶ。

ターコイズブルーのロングドレスの花嫁とグレーのタキシードに包まれた花婿の二人は、新郎新婦としては少し歳とっているかなと思われるが、それでも結構様になっていると、和枝は鏡の中の二人を見て自画自賛した。和枝は日頃太極拳の練習で鍛えているので実年齢よりは若く見える自負がある。一方の登は、最近少し白髪が増えた。花嫁の自分のほうが少し上かなと思われるだろうが、実際の年齢差を感じさせることはないはず。

和枝は美しく幸せいっぱいに輝いていた。十歳も年下の男に惚れられたのだ。魅力的でないはずがない。今の若者たちは、栄養が良いせいか、昔より平均身長が大きくなっている。女性の百七十センチメートルはそう珍しくない。だから、和枝は前ほど目立たなくなっている。今の年代に生まれたならば、和枝は古生物学者でなく、ほかの道を選んでいたかもしれない。

披露宴ではコーラスの仲間が歌を、太極拳の仲間が演技を披露して皆を楽しませた。和枝はモーツァルトの「フィガロの結婚」の「恋とはどんなものかしら」を歌った。彼女の声は若い頃よりも少し低くなって、今はメゾソプラノである。

和枝の個人レッスンの先生がお祝いに歌を披露してくれた。東京混声楽団に在籍したことがある芸大出のプロのテノール歌手だ。彼が歌った、ドニゼッティの「愛の妙薬」からの「人知れぬ涙」は、切々と愛を歌う珠玉のオペラアリアだった。さすがにプロ、聴かせる。会場がしんと静まり返った。そのあと、招待客のスピーチで盛り上がった。登の悪友たちが遠慮のない裏話で、登という人物を丸裸にした。

こんな大勢の人が二人を心から祝福してくれた。結婚して本当に良かったと、和枝はしみじみ思った。

二十三　神々の座で願う幸せ

登の娘のはるかは、最難関と言われるいくつかの大学の建築科を受けたが、いずれも失敗に終わった。今は都内にアパートを借りて予備校に通っている。将来、「隈研吾」のような、木材を使った建築家になりたいそうだ。「少年よ、大志を抱け」という。望みは大きいほうがいいと思う。だんだん萎んでいって、いずれ本人の資質に見合ったところに落ち着くだろう。初めから望みを低くしたのでは、着地点も低くなるではないか。はるかは、さやかと違って強い、きっと初志貫徹するに違いないと和枝は思う。

登は結婚式を二度挙げている。新婚旅行はハワイへ行った。二度目の新婚旅行はあまり乗り気ではないようだ。

登はアメリカに留学したこともあるし、国際学会に入っていて、度々、学会発表などで外国へ行っている。和枝の研究分野はローカルなもので、ほとんど国内対象だ。留学の経験もない。まだ、海外旅行をしたことがない。ぜひ、海外旅行がしてみたいと思った。

「豪華客船なら、船に弱い私でも、酔わないいんじゃないかしら。新婚旅行にクルーズ船に乗って、エーゲ海一周してみない？」

「船は仕事でいやというほど乗っているからいやだよ」

「パリやロンドンはどう？」

「そんな海外旅行のお上りさんが行くとこはいやだ」

「エジプトやトルコは？」

「名所旧跡に興味がない」

「結局、あなたはどこへも行きたくないんじゃないの。あなたは世界中をいっぱい見て歩いているかもしれないけど、私はどこへも行っていない。たまには、私に付き合ってよ」

登はやんちゃで、自己主張が強い。そんなところがさやかとうまくゆかなかった原因の一つだろう。日常生活で和枝が譲ることが多い。けれど、和枝はさやかと違う。姉さん女房で、いざというときはいやと言わせない力がある。

結局、世界の屋根（神々の座）であるネパールのヒマラヤ山脈を見に行くことで妥協した。

二人はネパールのポカラに来ている。ポカラはカトマンズより西へ二百キロメートル、ヒマラヤに端を発する渓谷が開いた盆地にある。フェワ湖畔のホテルにチェックインした。ホテルからは、七、八〇〇〇メートル級のアンナプルナ連峰やダウラギリ（八一六七メートル）が見える。亜熱帯地区で、黄色やピンクの小さな花が手まりのように集まったランタナやクリスマスに飾られる赤いポインセチアが野生していた。ダウラギリは椀をふせたような形をした真っ白な山である。アンナプルナⅢ（七五五五メートル）は田部井淳子が登頂したので、日本ではよく知られている。夕暮れ、ピンクからオレンジ色に染まったアンナプルナの山々は神々しく息を呑むような美しさだ。中でもポカラから正面に見える山・マチャプチャレ（六九九三メートル）は、マッターホルンにそっくり。姿が美しく、特に神聖な山とされ、ネパール政府から登山が禁止されており、未踏峰の山である。

ポカラに到着した翌朝、二人は朝日を見るためにサランコットの丘（一五九二メートル）へ登った。わずか一時間の上り坂なのに登は和枝に遅れをとる。やっぱり海の男は山の女にかなわない。朝日に染まったアンナプルナ連峰、マチャプチャレは夕日とは違った色合いを見せた。

翌々日、カトマンズへ移動した。カトマンズの王宮や寺院などの遺跡の一部は、二〇一五年の地震の被害が色濃く残っていて、こげ茶色の木造建築が壊れかかったままだ。チベット仏教とヒンズー教の寺院が混在している。この国の人たちは両方の宗教に手をあわせるのであろうか。カトマンズは極彩色の街だ。畑で働いている女性でさえ、赤い裾の長い民族衣装を纏っている。人々の喧騒、ろうそく代わりに使われるチウリバターの匂い、饐《す》えた神仏への供物などは、静かな寺で、抹香臭い環境に育った登には、暑苦しく、耐えがたいものだった。

期待したマウンテンフライトは、霧が深くなかなかヘリが飛んでくれない。三時間待ってやっと飛んだ。一時間のフライトで十四座ある八〇〇〇メートル級のうち九座が見えるという触れ込みだったが、どれがどの峰かよくわからない。和枝が確認できたのはエベレスト（八八四八メートル）とその隣のローツェ（八五一六メートル）とマカルー（八四六三メートル）だけだった。

エベレストは海底の底に堆積したいくつもの厚い層からなるインドプレートとヒマラヤプレートの衝突によって、九千メートル近くまで持ちあげられた山だ。頂上近くのイエローバンドと呼ばれている変成石灰岩からは、四億六千年前の海ゆりの化石が見つかっている。ヒマラヤの山々が気の遠くなるほど大昔は海の底にあったなんて誰が信じられようか。真っ青な空に雪を頂いて連なるヒマラヤの山々は、神々の座と称されるに相応しく、神々しかった。思わず、和枝は六十歳で得た幸せを感謝し、いつまでも二人が仲良くいられるよう祈った。

用語解説

☆（＊1）有孔虫
世界の海に生息している小さな原生動物、大きさは数ミクロンから数ミリ程度、浮遊性有孔虫と底生有孔虫に分けられる。

☆（＊2）古第三紀
六千五百〜二千三百三十万年前

☆（＊3）中新世
二千三百〜五百二十万年前

☆（＊4）地質図
地殻表面の各種の岩帯をその種類、年代・岩相などによって区分し、それらの分布、累重関係、褶曲・断層などの地質構造を表現した図。

☆（＊5）黒鉱

閃亜鉛鉱・方鉛鉱・重晶石のほかテトラヘドライト・黄鉄鉱などを伴う緻密塊状の黒色鉱石。東北日本の第三紀層中に胚胎する。

☆（＊6）マンガンノジュール

マンガン、鉄の酸化物を主成分とする粒径一ミリ以上の黒色塊状沈殿物。堆積速度が遅い深海盆、海山などで生成する。

☆（＊7）メタンハイドレイト

海底や永久凍土地帯など特定の温度、圧力条件下で存在し、水分子のかご状格子の中にメタンの気体分子がとりこまれたシャーベット状のガス水和物。

☆（＊8）産総研

産業技術総合研究所。前身は通商産業省工業技術院傘下の研究所群。

あとがき

私の身長は一四六センチしかありません。見た目が貧相です。就職、恋愛、服選び、靴選びなど、いろいろな場面で差別を受けてきました。

昨年の夏、新聞広告で文芸社の「Reライフ」文学賞の広告を目にしました。Reライフを私なりに解釈して、「もし、身長が一七〇センチですらりとした、見栄えの良い女性であったならば、どんな人生を送ってきただろう」、と思い描いてみました。

文章は得意ではありませんが、頭の中で物語を構築することは好きです。初挑戦の作品は、未熟なものでした。この作品に目を留めてくださり、素敵なものにしてくださった、文芸社の川邊様、宮田様に心からお礼申しあげます。

著者プロフィール

寺島 美南子（てらしま　みなこ）

1938年台湾澎湖島生まれ
愛知県立安城高等学校卒
名古屋大学理学部地球科学科卒
通産省工業技術院地質調査所に35年間勤務
昔、山ガール　現在の趣味　編み物

六十歳の花嫁

2025年1月15日　初版第1刷発行

著　者　寺島 美南子
発行者　瓜谷 綱延
発行所　株式会社文芸社
〒160-0022　東京都新宿区新宿1－10－1
電話　03-5369-3060（代表）
03-5369-2299（販売）

印刷所　株式会社平河工業社

ISBN978-4-286-25941-3